KB107612

김남희 시집

흔적, 남기다

서시

-가을 산에서 본다

너도 단풍 들었더냐
나도 단풍 들었다

빈 가지 걸려있는 낮달이
창백해 보일 때
밤이 어둠을 잠재울 때

취해서 바라본 산 저리 붉은데

서러워라
저 홀로 붉어지던 산수유 열매

목차

1부...눈 부신 봄날에

1부

눈 부신 봄날에

안부

밤사이 별고 없으신지요
백 년을 살 것처럼 앞만 보고 달리다가
황혼이 되어서야 뒤돌아보니
붉게 타는 노을빛이 이토록 가슴 저며올 줄은
미처 몰랐습니다.
휘어진 골목마다 빈 가지 흔드는 바람 소리가
이명으로 남아
어느 간이역 손수건 흔들며 서 있을
사랑하는 그대에게
부디 건안 하시길 빕니다.

세월은 돌고 돌아 그 자리에
새싹이 돋고 꽃이 피어나고
시나브로 꽃이 봄에 물들 듯
꽃씨 한 톨 떨어뜨리고 가는 여정 속에서

내가 사랑하고 나를 사랑한 그대에게
이 아침 안부를 묻습니다.

봄 눈

저 혼자 신바람 나서
상모 돌리는 휘모리 장단이다

날개 젖은 흰나비
허둥대며 숨을 곳 찾아
이리저리 몸부림치는
해독하지 못한 휘갈긴 문장들
흔적 없이 사라지는 거리에서
두 손 받쳐 들고 환호하는 사람들의 표정

누구의 희롱이었기에
질투를 온몸으로 받아
절명할 수밖에 없는
붉은 동백
선혈이 낭자하다.

저, 하얀 눈 위에
신열로 앓아누운 봄

백목련 옷 벗다

햐!
고것 참 남사스럽네
지아비 잃고 혼자된 그 여자
시도 때도 없이 벗어던지는 상복

춥고 시린 삼동 견디고
이제야 살맛 나는 계절 만났는데
바라춤 추는 꼴이라니

남의 눈이 무서워서도 저 짓은 못하지
소복 입은 지 석 달 열흘도 넘기지 못하고
선을 넘어버린 과부년 행실 좀 보소

홀딱 벗은 알몸
그래도 부끄러워
잎새 한 장 가렸네

저, 구겨진 체면 어찌하면 좋을꼬

꽃잎 지는 날에

그 여자 화장을 지운다
황홀한 옷 훌훌 벗어던지고
알몸으로 선 너

쓸쓸한 생이란
눈물로는 다 채울 수 없어
풍장으로 널어 말린 뼈 한 조각이라도
가슴에 묻어 둘 일은 아니야

꽃이 진다고
봄이 떠난다고
서러워하지 마라
피는 꽃도 꽃이요
지는 꽃도 꽃인데
바람에 뒹구는 꽃잎들 아직은 청춘이라고
몸부림치다 쏟아놓은 저 붉은 하혈을 감당할 수 없어
기어이 혼자 떠나는 쓸쓸한 뒷모습

꽃무릇

수십 번 외쳐도 응답이 없네
외지고 응달진 산길
지팡이 하나 의지한 채
퍼질러 앉은 자리 혼불로 피어

어쩌자고 가슴에 불 질러 놓고
기린목 되어 기다리게 하는가
사무친 이름 하나 불러내어 통곡하다
울컥 토해낸 객혈
또 한 해가 저무는구나

평생을 기다려도
엇갈리기만 하는 운명
이룰 수 없는 사랑
수절하는 꽃무릇 그,
아픈 이름

꽃무릇

누가 저 형벌을 멈추게 해 다오

일어섰다 쓰러지고 쓰러졌다 다시 일어서는
질기디 질긴 목숨
평생 달고 살아야 할
숙명 그, 아픈 이름 주홍글씨

그늘진 빈 정원 홀로 피어
바람에 흔들릴 때마다
갈겨쓰는 혈서
말 없는 시위
애절한 고백
나는 죄 없다 나는 죄 없다
당당히 외쳐대는
붉은 저 입술

부르튼 입술 사이로 혈흔이 낭자하다

씨앗은 어떻게 눈이 트나요

이건 꿈이 아니야
기쁨이고 행복이지

네가 하늘 문 열고
총총히 지름길로 달려와
내 가슴에 포근히 안길 때

기다려 본 사람은 알지
나뭇잎 적시는 안개비에도
울다가 웃다가 젖어버린 소매자락에도
꽃봉오리 터지는 황홀함을

억겁의 인연으로 만나 엮어갈
우리들의 이야기는
지금부터 시작이야

이 넓은 우주 공간 내딛는 걸음마다
날개 달고 훨훨 힘차게 비상하렴

사랑해 김보석

고모 할머니가 김보석에게

바람둥이 꽃

다소곳 한 자리 머물지 못하고
노숙자처럼 떠도는 바람 잡아,
기어이 옷고름 풀어 헤치는 저,
행실머리 좀 보아요

수군대는 소문은 잠깐이라며
시치미 뚝 떼도
아무렴 씨도둑질은 못하지
함께 있으면 물들어간다는 걸 잊었던 게야
그럴 줄 알았어
닮아서 발목 잡힌

네가 그래
한창 물올라 옷 입은 태 보면

상사화

이젠 눈물을 닦아라
애달픈 사랑 이야길랑
긴 밤새워도 다 못 할 것을

천둥일고 비바람 치던 날
그렁그렁 이슬 매달고
흰 목덜미 쑤욱 뽑아 올려
설 자리 찾던 너

붉은 피 빗물에 씻겨
연분홍으로 바래진
네 깊은 상처
새살 돋을 거야 울지 마

여필종부란 말이 귀에 따갑도록 여운으로 남아
일부종사 못한 설움이 옹이로 남아
아버지 가신 지 수 십 년
비밀정원 한 모퉁이
말씀으로 피어난다

얘야 울지마라

민들레 꽃

소꿉놀이 그 흐뭇한 회상

철없던 유년
내 짝지 그 머스마
참말로 무뚝뚝한 남자였어

애교 많고 엉뚱했던 나는
천생 시골뜨기 마음씨 좋은 가시나였어

진수성찬은 아니래도
소박한 밥상 받아 들고 싱글벙글

미련이나 남기지 말지
긴 세월 기다리게 해 놓고
무소식이 되어버린 문디자슥

머리에 서리 앉고 이마에 골이 패인
짝지 가시나는
비바람 맞으며 아직도

그 자리 퍼질러 앉아
민들레꽃으로 환생했다지요

바람 타고 떠나는 분신을 멍하게 배웅하며

한 톨 씨앗이 한 웅큼 종자 되어

뿌리가 튼실해야 가지가 무성하지
가지가 무성한 건
살아있는 모든 생명체의 열망이여
한 움큼의 종자가 되는 씨앗의 변천이다
콩 꼬투리를 까다가 문득 떠오른 생각
자양분 되어 빈 껍데기로 살다 간
우리들 위대한 어버이

종자를 뿌리고 움이 트고
꽃이 피고 열매 맺는 동안
물레 돌려 잦아 올린 생명수
그 과정을 지켜보면서
그래, 산다는 건
그런 거야
같은 콩 꼬투리 속에서도
크고 작고 벌레 먹어 버린 종자들
다독이며 품어 안아 보살핀 자궁 속 같은.

다시 네게로 향한 사랑

고갈된 땅 속
무엔들 생명으로 살아남기란 어려운 가뭄
해마다 피고 지고 지고 피던
너가 머물던 그 자리에
오랫동안 폭염만 퍼질러 앉아있더라

불볕더위에 몸살 앓아
개화기가 늦어진 줄 알 길 없는 나는
무정한 빈자리만 하염없이 바라볼 뿐 속무무책이었어

칠월칠석 여름 끝자락
매미들의 세레나데가 한창인 이른 아침
달려가 살펴본 곳
불씨 되어 불쑥 찾아와
자랑처럼 목울대 세우고
빙그시 미소 건네준 이 기쁨이야
그렁그렁 눈물 매달지 않아도 좋을
푸른 하늘 배경 삼아 나에게 돌아온
상사화
애달픈 내 사랑

덩굴 장미

고것 참 맹랑하다
뒷 담 기어올라
고개 쏘~옥 내밀고
헤프게 웃는 것이

훤한 대낮
낮술 한 잔 걸치고
새빨갛게 달아오른 두 뺨 위에
향수까지 뿌린 것이

보아라
허영심에 미쳐가는
저 화냥끼를 우짤꼬
갇혀있어 밖이 더 궁금한
안달 난 마음을

목련꽃 피는 밤

가로등도 없는 그믐밤이었어
낯선 골목길 돌아가는데
마음 길 밝히는 꽃등불
가지 끝에 사뿐히 앉아
매듭진 옷고름 풀고 있었어

열아홉 가시내 젖몸살 나던 그날처럼
목련, 소리 죽여 흐느끼는 밤

누군가 하늘 창 열고
빼꼼히 엿보는
실루엣 그림자
수작 거는 그대는
어둠 앞에 알몸으로 선
바로 당신이었어

봄편지

날개 단 빗방울
느낌표 하나 주~욱 그어
창문 두드릴 때
쫑긋 노루귀
공연히 몸이 달아

입춘 지나
비가 내린다는 우수
우표 없는 편지 모아
잡초들 기지개 켜는
소리도 함께 담아
부지런히 배달하는 봄비를 보아라

비비새 한 마리 앉았던 자리
매화꽃 피어나고
발신인도 없는 봄편지에
내 가슴도 두근거려

*노루귀 - 얼음새 꽃
          2월에 피는 야생화

수국 시집 보내다

발길에 밟혀 기지개 한 번 켜지 못하고
꺾어져 버려진 너를 만났네
농무 깔린 태종사
축제가 한창이던 때 이른 여름
안개비 내리고
인파에 밀려 발길 멈춘 곳
꽃길로 이어진 천국의 계단에서
헐떡이는 네 숨소릴 들었던 게야

그때였어
구슬프게 울어대는 뻐꾸기 진혼곡과 함께
떨어져 누운 꽃 무덤 위로
얼비쳐 해탈하는 너를 본 것은

혈맥 막힌 심장에
사랑을 이식하고
숨죽여 기다린 지 어언 두 해
보은으로 보답하며 배시시 미소 건네는
그 파란 꽃눈을

오늘은 너를 시집보내볼 거야

흙의 반란

너 지금 떨고 있니
우수 경칩 다 지났는데

얼러 키운 자식 후레자식 된다면서
모질게 채찍 했던 아버지 훈계
그 유효기간도 끝났는데
고사리손 밀어 올리지 못하네

사람도 식물도
뿌리고 거두는 과정이 때가 있는 법
라일락꽃이 피었다 지고
모란꽃이 피었다 지는 순환을
칠순이 넘은 내가 미쳐
계절을 다 읽지 못했던가 보다
배고픈 비둘기 저리 보채는데

온실 속 화초는 되지 말아라
잠재했던 아버지 말씀들이
보릿고개 넘는 사월

태종사 수국

꽃이 피면
천국을 만들고 싶었던
안개자욱이 깔린 태종사
거기, 염화 미소로 반겨주는
수국을 만나리

운무에 가려 얼 비친
꽃의 점등식
절정에 도취된 사람들의 물결

뻐꾸기도 함께 어울리면
득음의 경지에 닿는가
낭랑하게 화답하는 불경소리

태종사 오면
해탈하는 수국을 만나리

너를 보다가

-수국 앞에서

비 오는 날
고개 떨구고 벌서고 있는 너를 보다가
초등학교 유년시절을 떠올렸네
구구단을 다 외우지 못해
방과 후 수업하며
쏟아내던 뜨거운 눈물이
가엽게도 널 닮아

와글와글 끌어다 모은 동그란 눈동자
반을 나눠도 넘쳐나던 학생 수

그런데
지금 너를 보고 있으면
비좁던 교실 둥근 우주 속에 갇힌
머릿수가 생각나
그냥, 한번 슬쩍 꺼내본 산수시간이었어

그렁그렁 이슬 매달고
고개 숙여 훌쩍이던
아픈 기억들이 나를 낯설게 해

능소화

담장을 경계로
내려다보는 세상과
올려다보며 망설이는 것은
아마도 두려움 때문일 게다

허공 붙잡고 엉거주춤
이러지도 저러지도 못하고 축 늘어져
바람 불 때마다 까무러치는
저 생명을 우짤꼬

화사한 미소 뒤에 숨은 말 못 할 사연을
가장 예쁜 모습일 때
절명할 수밖에 없는
짧은 목숨이
툭,
떨어지고 있다

꼬리문 소문에
담장 밑이 야단법석이다

하찮은 풀꽃에도 이름은 있어

운명을 거슬려
길 아닌 길도 가 보았고
모진 비바람도 맞아 보았다

덧없는 인생 허무를 느낄 때쯤
노을의 아름다움에 눈시울도 적셔보았다

바람이 데려다준 양지에서
이불이 되어주고 자양분 되어
또 한 생명을 잉태하는 낙엽을 보면서
내 어머니가 그랬듯
사랑을 다 주고 빈 껍데기로 남아도
그 깊이는 알 수 없는
여자의 도리
여자의 미덕
가고 없는 그 자리에
어머니 닮은 풀꽃 하나 피어나더라

봄이 알리는 소리

노루꼬리만큼 낮이 길어졌다는 말
입춘이 지나서야 알 것 같다
습관처럼 일어나는 새벽 기상
어둠 벗기는 여명

긴 터널을 빠져나온 열차가
목이 쉰 기적소리를 내는 것은
열차보다 더 빠르게
뼈 속을 드나드는 바람소리 같아서
더러는 에둘러 말하는 것이라
눈치로 알아듣는 나이
봄비가 적시고 간 뒤
홍매화 벙글 듯
이름 앞에 먼저 존재 밝히는
저 눈부신 귀의를 보아라
봄이라는 단어에 걸맞은
화사한 옷을 입고 외출하는
여인의 옷깃에서 장미향기가 배어난다면
아직은 여자로 보여지고 싶은
간절한 소망이 있기 때문일 게다

봄까치꽃

밤하늘 가로질러
강물이 출렁출렁 소리 없이 흐르더니
그 강물 별똥별 타고 내려와
언덕배기 비스듬히
봄까치꽃으로 피었다 야
봄소식 먼저 알리려고
작은 눈 비비며 돌담 밑 터 잡아
밤에는 은하수로
낮에는 봄까치꽃으로
파란 눈 깜박이며
잡초로 살고 싶지 않아
봄까치꽃 명찰 달고
이 땅 어디서나 뿌리박고 사는 너

어느 봄날

봄씨앗을 심으려
묵정밭을 뒤엎어 놓고
꽃그늘 아래 잠깐 쉬고 있는데
야단법석 딱새 부부 노랫소리에
휴대폰 셔터를 재빠르게 눌렀네
찰칵, 카메라에 담겨 들켜버린 네 모습
오오 이 얼마만인가
인기척에 화들짝 놀라 달아나던 모습을
드디어 선명하게 렌즈에 잡았어
모란꽃 뒤에 숨어 내 눈을 교란시켜 유혹하는
저 잔꾀 부리는 것 좀 보소
하마터면 모란인 줄 착각할 뻔했네
순간 포착
일상을 휘파람 불며

절화

실수로 한창 이쁜 짓하던
백합 줄기를
스치는 옷자락에 꺾이고 말았네
주렁주렁 딸린 식솔들
세상 구경 한 번 못하게 한 죄
꽃망울 맺힐 때까지
키를 키우던 비밀 정원
환하게 꽃등불 켤 날만
비바람 맞으며 견뎌온 시련
봄부터 여름 노둣돌 딛고 별밤을 건너오던
꺼져가던 저 가쁜 숨소리
네 옷자락에선 붉은 피가 뚝뚝 떨어지는구나
미안하다 미안하다
남은 생명 거두어 식탁에 올려놓고
못다 한 사랑 눈맞춤하리
사랑아 사랑아
너를 볼 때마다 내 가슴에 안타까움만 더해간다

청춘은 가고

후회도 미련도 없건만
마지막 남은 달력 앞에 서면
홍수처럼 밀려오는 회한

꽃이 진다고 슬퍼할 일 없고
한파에 가슴 떨릴 일 없건만
내 몫의 운명 앞에선
흥건히 배어나는 피

싸매고 감춰도
슬쩍, 스치는 바람에도
화들짝 놀랄 일만 있더라

문득 고개 들어보니
구름 한 채 한가롭다

노둣돌 놓는 남자

와룡산 민재봉 칭칭 감고
안개가 바라춤 춘다
못다 살다 간 영혼의 미련인가
백천사 와불 가부좌 틀고 앉은
사찰 마당 한가운데서

언 듯
실루엣으로 아른거리는 그림자 하나
잠을 설친 그 남자 새벽부터 분주하다

꽃이 피면 천국을 만들겠다는 그 남자
백천사 돌계단 닦고 닦아 아직도 수행 중인가
얼마큼 지성이면 보은을 할까
오가는 사람 발목 묶어 유혹하는 저, 함박웃음

그 정성 하늘에 닿아 득도하는 날
날개 달고 가거라 천사여

벗어놓은 발자국

그곳에 가 보았네
어제 찍어놓았던 흔적은 간 곳 없고
포개지고 또 포개져 지워진 발자국
낯선 사람들이 찍어놓은 낙관 같은

인연이란 그런가 보데
이 땅 한 귀퉁이에서
내가 밟은 발자국처럼
수없이 만나게 되는 사람들
물 고인 진흙 속에서도 선명해지는
스쳐 지나간 허물 같은 것
눈을 닦고 보아도 닮은 꼴 없는
신발의 문수 같은

초저녁 뜬 초승달이 몸집 키우듯
아무것도 볼 수 없는 허물 같은 흔적

어느 농부의 일상

신기술이 등장하면서
모내기하는 풍경도 달라졌네
일손이 부족해 전전긍긍하고
품을 팔아야 내 논에도 푸른 싹을 채우시던
아버지 애태우시던 모습
눈에 선한데
톡으로 보내온 친구의 모습에서
스멀스멀 기억들이 되살아난다

이앙기로 몇천 킬로를 달리는 노고
막걸리 한 사발에 목을 축이는
친구의 구릿빛 얼굴이
오늘따라 아버지 얼굴로 떠오르는데

친구야
춘불 경종 추 후회라
봄에 씨를 뿌리지 않으면 가을에 후회한다는 말
몸으로 실천하는 그대를 존경하오

2부

그 여름의 추억

눈먼 자들의 도시

방랑자는 늘 허기가 지지
노출 심한 여름밤이면
흡혈귀가 되어 사정없이 달려드는
그, 변태성
과욕은 언제나 불행을 초래하는 법
지나친 탐욕에 수명을 초래하는 어리석음
현행범을 잡고 보니 죄명이 무겁다

무단 침입죄에 무단 취식
병원균 옮기는 전염병 살포죄
시비를 걸었으니 명예훼손죄
한밤중 몰래 들어와 더듬었으니
성희롱죄까지 추가된 무법자

견디다 못해 일어나
모기와 한 판 승부를 거는데
온통 난투극이다
잔혹한 자의 최후는 죽음을 부르지
지능이 높은 자가 승리하는 천하무적인 자

득의에 찬 미소 빙그레

아침 풍경

늦은 아침을 먹는데
뒤란 풍경이 달려와 겸상을 청한다
날아가던 참새도 불러
기어이 해장술 권하던 아버지 생시 모습
아롱거리는 이 아침

묵묵히 밥을 먹던 남편이
한 마디 툭 건넨다
저, 호박 덩굴손 좀 봐라
두 팔 벌리고 악수 청하는데
사방이 허방이라 잡아줄 손이 없네
돌아갈 길 만들어 주면 좋겠다 그쟈

사실 길이란 바른길만 있는 게 아니더라
사춘기 반항아처럼
자꾸만 헛꿈 꾸는 저 헛발질
이정표 만들어 주고 길 터 주어도
엇나가기만 하는 덩굴손의 습성

부쩍 대화가 줄어든 늙은 부부
오늘 아침 밥상이 푸짐하다

가족이라는 이름으로

한 탯줄 한 뱃속에서 태어나
가족이라는 이름으로
한 이불 덮고 도란도란 살았네
그때는 그랬지
티격태격 싸우면서 성숙해지고
양보하면서 사랑을 배워가던
철없던 유년시절

한 그루 나무에 주렁주렁 열매 달리듯
비틀어지고 망가진 것 없이
올곧게 영글어질 때쯤
제 갈 길 찾아 떠난 형제들
빈 가지 흔들던 바람은 알까

바쁘다는 핑계로 자주 만나지 못하고
부모님 먼저 떠난 뒤
구심점이었던 큰 언니마저 바람 따라가 버렸네
남은 형제들 살점 한 주먹씩 꿰차고
가마 타고 시집가던 그날처럼

흰구름 앞세우고 흔적 없이 가버렸네

그날 밤 밤하늘에 별빛이
유난히도 총총했었네
언니 떠난 그,
마지막 밤에

봄날은 간다

가랑비에 옷 젖는 줄 모르고
야금야금 삼켜버린 세월
그렇게 내 봄날은 짧기만 하더라

노을에 걸터앉아 내려다본
인생이라는 무대
걸어온 발자국이 파노라마처럼 스쳐지나
격량의 한 서막을 추임새로 엮었네

징검다리 건너며
무모했던 시절 거쳐
모진 광풍도 만나고
절망에 몸부림도 쳐보았고
정신없이 살아왔던 치유의 시간들
그러다가 한세월 다 보낸 줄 알았다

존재의 의미를
삶의 무상함을
버리고 또 버려야만 가벼워지는 법을

스스로 알아가던 때
봄날은 짧아도 황혼빛에 익어가던 봄날은
시위 떠난 화살처럼 빠르기만 하더라

금단의 집

범접할 수 없는 독백은 그리움의 잔재다

여백 채우 듯 꽃 진 자리
다시 꽃을 심는다는 건
마음 한쪽 남겨진 미련 같은 것일까
아니,
흔적 지우고 싶었던 게지
낯선 숨소리마저 허용하지 않는
출입금지 구역 헤아리지 못하고
눈길 따라 걷다
보아버린
그
집
영원한 노스탤지어

벙어리로 사는 세상

물음표 하나 던져
말 많고 탈 많은 세상 그 벌로 입을 봉하라 했네

사람이 사람에게 옮기는 신종 바이러스
범인이 누구인지 모른 채
전 세계를 휩쓰는 약도 없는 병
경계하고 신중해야 할 현실이
점점 무서워진다
온 누리는 봄꽃이 유혹하는데
사람아 사람아
남을 탓하지 말자
물질만능시대 살면서
귀한 줄 모르고 무질서 낭비벽에
병들어 사는 우리
하늘이 노하셔서 꾸짖음이라
인간의 모든 이기와 죄악과 재앙은
비밀의 판도라 상자에 담겨있네

어느 날의 일상

오랫동안 동고동락했던 물건들을 버리면서
얼마나 많은 욕심으로 살았는지
꺼내보니 알겠네

이건 선물 받아서 못 버리고
저건 돈 주고 사서 못 버리고
손때 묻어 못 버리고
쓸만해서 못 버리고
아까워서 못 버리고
쓸 수 있을 것 같아 못 버리고
아집과 집착으로 보듬어 안고 살았던 것들
일흔을 넘으면서 미련두지 않기로 했네

물질만능의 시대
환경오염이 되는 줄도 모르고
무심코 쓰다 버리는 것들
생각 없이 살아온 날들이 부끄럽다

나도 저 헌 물건처럼

쓸모 없어지면 버려질 쓰레기인 것을
하루에 한 가지씩 짐을 벗어
해탈하는 연습을 해 보자

새처럼 가벼워지기 위해

부산역 광장에서

수많은 사람들이
밀물처럼 밀려왔다
썰물처럼 빠져나가는
부산역 광장에 우두커니 서서
파도가 뜯는 비파소리를 듣는다
무인도에 갇힌 갈매기처럼
날개 잃은 그림자
빈자리 채울 수 없는 쓸쓸함에
발길 돌릴 수밖에 없는데
너는 떠나고 혼자 남은 섬에서
불쑥 돋아나는 푸른 혈맥
주책없이 심장이 빠르게 뛴다
어쩌란 말인가
모래 발자국을 지우며 달려오는
저, 숨 막히는 공허를

일흔쯤에

주위를 둘러보면
호시탐탐 복병이 숨어 산다
움직이는 모든 기능을 마비시키는
독버섯들

자유를 박탈하고
순발력은 둔해지고
기억마저 희미해지는 늙음의 현상

나이를 먹는다는 것
언젠가는 혼자가 된다는 것
그리고 흙으로 돌아가는
잊어가는 것에 대한 포기
바람 앞에 등불이라 할지라도
장애물 피해 가는 순간의 위기
그, 버거움 새처럼 가벼워질 수 있을까

사는 것이 예행연습이라 한다면
그 또한 무심히 지나가리라

인생 별곡

한 뼘의 땅을 갖기 위해
덩굴손처럼 세상을 정복하던 시절도 있었네

보이지 않는 걸음으로 묵묵히
젊음을 바쳤던 날들
햇살에 반사된 영롱한 이슬방울이
암울했던 날들 앞에
실낱같은 지표가 될 줄은

내가 앉았던 꽃 진 자리
누군가는 웃으며 지나가고
누군가는 울면서 지나갔을
그 길목
나는 또 아무 일 없었던 것처럼 지나가고 있다

괜찮다
괜찮다
흉터는 남겠지만 상처는 아물 거야
어깨 토닥이는 나긋한 바람의 손길

퍼올려도 넘쳐나는 마중물 같은

유서

나 하나 꽃핀다고
산비탈 응달진 곳이
환해지겠냐마는
어둠 밝히는 등대처럼
한 줄기 빛이 되기 위해
꽃으로 태어난 목숨

그러다 홀연히
소식 없거든
산수유 피는 이른 봄날
버거운 육신 벗어 놓고
번지 없는 주소 한 장 달랑 들고
안개 자욱한 숲을 지나
청산 간 줄 알거라

다시 삼월 하늘 아래서

해방된 기쁨
만세소리로 다시 찾은 이 땅
거리마다 골목마다
군중들이 내뿜는 한 맺힌 절규
토해내는 삼월
하늘은 온통 잿빛이다

갓 태어난 병아리 노란색이
덧칠되어 삼월 하늘을 덮듯
설레임은 가슴 뛰게 하네
일어나라 동포여 오늘은 내 조국 우리말
목이 터져라 태극기 흔들어도 좋은 날
역사 속에 잠자던
독립선언서가 발효 중인 뜻깊은 날

이제
온누리에 봄빛이 완연하다
사랑이 물결치는 빛나는 눈동자들
표현할 수 없는 이 벅찬 감동으로

한 번 더 불러보자

대한독립만세

연꽃에게

여인아
치맛자락 훔쳐라
아리따운 맵시는
보일락 말락
은근함이 매력이지

이른 새벽 분단장하고
님 기다려 하루해 보내는 가련한 여심
인기척 날 때마다
까무라 치듯 흔적만 쫓네

돌담장 사이로
갈래머리 과년한 처녀
그, 수줍은 자태

화려하지도 요염하지도 않은
청순한 네 모습에
빼앗긴 내 마음 어떡하라고

개밥바라기 별

별 등 밟고
징검다리 삼아
풀짝풀짝 건너다
잃어버린 우리 어머니 코고무신 한 짝
찾아,
숨 가쁘게 달려온 칠십 년 고갯마루
쉼표로 서서
올려다본 저녁 하늘
울음으로 박힌 옹이
개밥바라기 별 떴다야

노숙으로 지친 졸린 눈 비비며

비밀의 정원

굳게 잠겼던 빗장을 연다

채마밭 가는 길
채곡채곡 쟁여 두었던 보물 창고
낯가림이 심해
청자빛 하늘 슬며시 끌어와 덮어 놓고
발아시킨 비밀의 정원
꽃자리 환한 축제마당이다

보기도 아까운 폭죽 터지는 장관을
뜨거운 가슴 열어 온몸 흔들며
미세한 촉수 세우고 더 덤 수놓는 허공을

"얘 빨리 와라 백합꽃 핀다야
보름달이 된 수국도 지금 한창 절정이고
담장 뛰어넘고 발칙하게
시치미 뚝 떼는 능소화
파안대소하는 저 능청 좀 보거래이 가관인기라"
숨넘어가 듯 호들갑 떨면

힐레벌떡 달려오는 네가 정말 좋아서
커피라도 마시며 함께 물들어 보자

등꽃 밝혀 환한 비밀의 정원에서

호수

- 풍경을 잉태하다

호수는
하늘 한 자락 주욱 펼쳐
수묵화를 그린다
윤슬이 몸을 흔들 때마다
꿈틀대는 물비늘
오리나무 빈 가지에
둥지 트는 까치 부부
갓 피어나는 연둣빛 잎새
입덧 끝난 봄 햇살
만삭 된 호수 끌어안고
어영부영 세월을 살다 보니
춘몽에 화들짝
미완성인 봄이 다 가고 말아

여름 호수

- 장마 비 내리다

아 뿔 사
공들여 그린 풍경 위에
손주 녀석 마구 칠해 버린 낙서
검은 색연필로 주욱 그려 놓고
할머니 비 온다
붉은색 칠해놓고
물이 황토색이 되어 버렸네
깔깔대는 네 모습에
쨍 햇살이 비늘처럼 돋아

요놈 요놈 귀여운 것
짜증 나는 긴 장마에
하늘도 놀라 고개 흔드는데
언 듯, 스친 비 개인 하늘이
널 닮은 것 같아

물보라 튕기며 유영하는
소나기를 바라보다
취해버린 여름 호수

겨울호수

양수 터지고
호수가 낳은 생명들 저리 부산한데
바람에 떠밀려온 나뭇잎배
어느 바위틈에서 여독을 풀까
소금쟁이 풀방개 버들치 송사리
여백 채우듯
얼음 창 보듬어 안고
겨울잠 잘 때
어디선가 메아리로 들려오는
목탁소리 낭랑하다

호수 위에 감도는 고요
자욱이 스며드는 저녁노을

새벽 안개

저 어둠은 얼마나 깊어야
자신의 알몸을 보여줄까
하늘과 땅 한 몸 되어 뒹구는 새벽
꿈이 깊을수록 빠져드는 수렁
지리산 산맥의 장엄함으로 점잖은 척
헛기침 한 번으로 안개를 걷어내면
부끄러워 돌아앉았던 누이는
갈래머리 골 깊은 산골짝으로
치맛자락 펄럭이며 숨어들겠소

산허리 붙잡고
하룻밤 풋사랑 만나려
새벽안개 밟으며 숨어들겠소

부화

머루나무 잎에 기생하며 살고 있는
호랑나비 애벌레
줄기 뻗을 틈도 없이
일곱 식구가 간신히 연명하고 산다
한때는 내가 가장 아끼는
꽃치자 나무에 와글와글 붙어살아
몇 년째 꽃을 볼 수 없더니
올해는 생각지도 않게 머루나무에 붙어
그 많은 식솔들 거느리고 전세 들어 산다
징그러운 건 잠시
그놈들도 생명으로 태어나
한 시절 춤만 추고 살다 갈 상생의 길인 걸
어쩔 수 없이 애간장만 녹아내리는데
나비로 변신하는 걸 보려고
눈만 뜨면 쪼르르 달려가 살펴보지만
요놈들 제 알몸 벗는 것이 부끄러워
그리도 은밀할 줄이야
이별 준비도 하지 않았는데 갑자기 떠난
빈자리 허전하다

아! 소리 없이 벗고 서있는 미루나무

수난시대

하루종일 마주 앉아 수다 떨어도
질리는 법이 없다
앉아서 천리를 보아도
천리마를 타고 방방곡곡
전국을 돌아다니면서
문자 하나면 소중한 정보 귀중한 자료
중요한 지식 퍼 날라도 주는 너

쏟아낸 말들의 아우성
카톡 하나면 해결되지만
진작 기억해야 할 번호 하나 외우지 못하는 우둔한 나는,

어린애 꼬시듯
까꿍까꿍
하고 애교 떨어도 사무친 이름 하나
차마 꺼내지 못하는 비애

신호음 끄면 돌아앉아 토라진
마실 나간 기억 어쩌면 좋아

초여름의 하모니

개골개골
밤마다 소낙비처럼 들이치는
개구리들의 울음소리
어쩌다 바다를 건너와 영도섬에 갇혀
귀양살이하는지 아무도 이유를 몰라
외로움을 털어내는 넋두리라 해두자

휘어질 줄 모르는 대쪽 같은 성정으로
죄 없이 누명 쓰고 쫓겨나던
조선시대 선비들의 지존 닮아
쏟아내던 울분을 대신 토해내듯

이 밤 지나고 나면 또 내일
깊어가는 시름을 세레나데로 달랜다

초여름밤이 뜨겁다

밤비

적막이 흐르는 자정 무렵
누군가 계단을 밟고 오는
어지러운 발자국 소리
선잠 깬 날카로운 신경은
몽유병 환자처럼 이리저리 소리 나는 쪽으로 끌려 다닌다

반딧불이가 되어 푸른 초원 누비다가
묵상에 잠긴 산사 처마 끝 인경 소리로
종착역 찾아 저리 소란한데
이층으로 올라오는 열다섯 계단을
훌쩍 넘어 창문 두드린다

어둠 속 후다닥 스치는 섬광
앙칼진 천둥소리
맙소사
갑자기 쏟아지는 저 오만불손한 빗소리가
단잠을 깨우고 있었어

안개비 내리는 날

소리 없이 안개비 내리는 저녁
가르마 같은 길을 달려
너는 나에게로 온다
사랑은 늘 허기가 지지
비밀이라는 창고는 잠겨 있고
들어올 수도 나갈 수도 없는 유리벽 앞에서
네 이름 세 글자 써본다
해독할 수 없는 난해한 글자들
쓰고 지우기를 반복하는
잠깐의 침묵

유리창 안과 밖의 숨 막히는 고요
내뿜는 뜨거운 입김
부서지는 빗방울
애써 불러낸 이름 온통 성에에 갇혔다

유리벽 사이 아른거리는 그 영원한 노스탤지어

3부

봉함편지

가을 산에서 본다

너도 단풍 들었더냐
나도 단풍 들었다

빈 가지 걸려있는 낮달이
창백해 보일 때
밤이 어둠을 잠재울 때

취해서 바라본 산 저리 붉은데

서러워라
저 홀로 붉어지던 산수유 열매

봉함 편지

네 마음 깊은 곳에
돌개바람 부는 줄 몰랐구나
콩 꼬투리 같은 아이들 짝지어 주고
말벗 놓쳐버린 허전함을
바늘 들어갈 틈조차 없이 사는 네가
대단해 보였지

산을 오르며
무거운 발돌 하나씩 내려놓기 위한
탈출구란 것을 진작 알았다면
탑을 쌓고도 남을 무거운 짐 하나씩 빼내어
따뜻하게 품어 안을 초가라도 지어줄 걸

무소식이 희소식이다
바람 같은 말 한마디 남겨놓고
잠수 타버린 근황들이
참다못해 질러버린 비명인 것을 안 날은
내 마음에도 안개비가 추적추적 내리더라

핏줄이란 살가운 것이라서
물 흐르다 고이면 내가 더 아프고
풍랑에 흔들리면 내가 어지러운데
네가 머문 이국 땅 응달진 마음자리
애절한 마음 보내 우표 붙여 보내니
받아 보아라

출산의 고통

나의 분신은
조선의 전통 비빔밥
재료 뚜렷한 서정시다

무시당하고 외면당하며
겨우 명맥을 이어가는
처량한 신세지만
누군가는 추억에 함께 웃고
누군가는 아픔과 함께 울어
동병상련을 나누는
대리만족이라 호평하기도 한다

풍경 한 자락 바닥에 깔고
구름 한 채 끌어내려
소다 신화당 소금으로 반죽
사랑 한 스푼도 집어넣어 부풀기 할 차례

보일 듯 말 듯 당겼다 놓았다
썼다 지우기를 수십 번

잡았다 보면 허방인 것을
애간장 태우는 그것의 존재
온몸 비틀며 진통이 온다
아뿔싸 난산이다

해독할 수 없는 저 난해한 문장들

미로 찾기

이런 낭패
아차 하는 순간 길을 잘못 들었다
집으로 돌아오는 고속도로에서

미로 찾기에 들어선 곳
오호 이 황당함
서김해 지나 유턴
방향감각을 잃고 이번엔 반대편 진영휴게소
지나, 서창원 한복판

현을 당기면 오롯이 기억되는 말
길 아니면 가지 마라
돌아서는 방법도 일생을 놓고 보면 묘약이다
사춘기 아이들에게 수 없이 세뇌시켰던
삶의 법도
화살은, 몇십 년 지나 부메랑 되어
선명한 울림으로 내 가슴에 꽂히다

마의 동굴 같은 길
어둠 내리고 불빛의 행렬
혼불처럼 너울너울 춤을 추는 고속도로

한바탕 닦고 갈
속세에서의 마지막 살풀이 같은

길 있는 곳에 돌아갈 길도 있다더라
주술을 외우며
나 지금 고속도로를 헤매고 있다

10월의 단상

어느 날 문득
까닭 없이 눈물이 주르륵 흘러
한참을 멍해 있었네

곰곰이 생각해 보니 그날이었어
이맘때쯤이면 빈 가지 흔드는 바람소리가
절망을 안고 몸부림쳤던
그날의 기억을 깨우는 게야

깊은 늪 속에 빠져 허우적대던
참담했던 순간들
아득히 멀어져 간 그 꿈같은 날들이
비수 꽂힌 자리에 또아리 틀고 앉아
잠자던 세포들을 하나씩 흔들어
바람소리를 내고 있었어

허수아비 허탈한 웃음 날리듯
빈 들판에 서서
가을과 함께 떠나보낸
첫사랑 이름을

흔적을 내려 놓고

손글씨가 흔들린다
지렁이가 기어간 흔적처럼 꼬불꼬불하다
살아온 날보다 살아갈 길이
조금씩 짧아지지만
멀어져 간 내 청춘은
어디에서 신명 난 춤사위로
절망을 안고 흔들리고 있을까
이제는 그 열정 모아 모닥불 지필 일이다
뜨거운 박수는 받을 수 없어도
누가 물어보면
그냥, 물 흐르듯 살았노라 말하리라
하나씩 잊어가면서 사는 것도
어쩌면 행복일지 몰라
다 비우고 가는 것 또한
무거운 짐 벗어놓는 홀가분함일 거야
한 줌 흙이 되어 나 가거든
바람이 멈춘 주소 위에
예쁜 꽃나무 한 그루 봉분으로 심어다오

말의 공작실

완성된 소리를 다듬기 위해
말의 사육사가 필요해
조련사는 필요 없어
길들여지지 않은 말 방목하면 난폭해지지
혀 속에는 비수가 숨어있어
언젠가는 당신 해칠지도 몰라
가시 돋친 말일수록
심장에 깊이 박히는 법이지
함부로 말을 내보낼 수 없어
얽히고설킨 실타래 푸는 데는
인내가 필요하듯
한 올 명주실 비단이 되기까지
누에가 허물 벗는 시간이면 돼
딱 그만큼의 거리
아니, 눈 한번 감았다 뜨는 간발의 차이
그 시간이면 충분해
생각 없이 말을 남발해서도 안돼
말을 만들어 내는 뇌 속엔
적당한 타협이 필요한 거야

그것은 생각
말을 조율할 줄 아는

그래도 하늘은 푸르다

영동 가는 무궁화 열차
곁에 앉은 동행과 셀카봉 들이대며
쌤 남는 게 사진이더라
앵무새처럼 재잘댄다

그 모습 하도 귀여워
빙그시 웃으며 모델이 되었는데
우는지 웃는지 도무지 분간이 안가
모델 한번 끝내준다야
한마디 던진 말에
갑자기 방죽 무너지는 소리

만능 재간둥이 이 친구
곁눈질로 보니
뭔가 열심히 작업하는 중
신기해서 또 한 마디
에구 이제야 심봉사 눈떴구만
무심코 던진 말에 빵 터지는 폭포수

말똥만 굴러가도 웃음보 터진다는
주체 못 하는 나이인지라
소리 죽여 웃어제끼는데
마른하늘에 날벼락 인가
손님들 조용히 하시오
수인번호 외쳐대며 쑥대밭 만드는 박격포

그래도 하늘은 푸르기만 하더라

늙은 왕버들의 절규

나는 주산지 왕버들
하늘 받쳐 들고
물구나무서서 바라본 세상
절반은 담수에 허물어지고
절반은 운무에 젖어
자유를 빼앗기고 감금당한 채
강산이 수십 번 바뀌었다네

함정인 줄 모르고 뿌리박은 이곳
사는 것이 기적이라 말들 하지만
스치고 지나가는 구름 몇 점
잡았다 떠나보내고
산새들 그 고운 휘파람 소리
얼마나 많이 흉내 내며 살았는지
어제를 잊어가며 늙어버린 나이
어쩌면 나를 지탱해 준 강물이
짜디짠 내 눈물일 지도 몰라

삐걱거리는 관절

무너지고 찢어져도
혼신의 힘으로 밀어 올린
핏빛 잎새 하나
먼 후일
명성 하나 얻어 전설로 남을,

그 성 안에서

- 부부의 날에

당신에게 가까이 가기 위해
한평생이 걸렸네
모래알보다 많은 말
다하지 못하고 살아온 날들
서산마루에 걸린 노을이
더 붉게 타는 이유
아는 사람 몇이나 될까

사람들은 누구나 은밀하게
가슴에 섬 하나씩 품고 살지
화나고 답답한 날 독백처럼 쏟아놓고
흔적 없이 지우는 파도의 발자국처럼
그 성안에서
부대끼며 깨지며
사는 것이 부질없음도
지는 해 바라보면 절로 겸손해지더라

무모했던 이십대를 지나

뜻을 세우는 삼십 대를 지나
흔들리지 않는 불혹을 지나
하늘의 뜻을 받든다는 지천명을 지나
뒤돌아보면 온통
아집과 혼돈으로 후회할 일들만 남은 세월
이제는 조용히 묵념에 들 시간

연륜이 쌓일수록 서서히 익어가는 해안처럼

고백

전생에 그대와 나 무슨 인연이었기에
골 깊은 강물 되어
이리도 소리 없이 흐르는가

복사꽃 화사함이
첫사랑 마음이라 한다면
길고 긴 겨울밤
붉은 속살로 익어가는 홍시
그, 내밀한 속내는
뜨겁게 달궈진 잉걸불이었을까

미련두지 않는 일
그래서 더 애절한
사는 것이 다 그런 거라
고개 끄떡거려질 때

길 없는 길 만들어 잠시,
아리랑 고개를 넘으며
쉼표로 서서 올려다본 하늘

유성은 또 소리 없이 흐르네

아! 이 건널 수 없는 은하

2020년 추석 풍경

애들아 올 추석 연휴는 너희끼리 보내라
이 말이 최고의 신조어가 될 줄은 몰랐네

명절 한 달 전
코로나19도 무섭고
행여 기차표 구하기 힘들까
미리 언질 준 말 한마디가
먼 하늘 쳐다보는 슬픈 사슴 눈 닮아

직장 다니랴 학교 보내랴
일 년에 두어 번 명절에나 볼 수 있는
핵가족이라는 의미
전국을 얼어붙게 하는 바이러스 때문에
사랑하는 손주 얼굴 다 잊고 살겠네

외롭고 쓸쓸한 긴 공휴일
요리조리 텔레비전만 돌려 보지만
화면에서 흘러나오는 웃음소리가
손주들 재롱부리는 몸짓만 할까

미루나무처럼 훌쩍 커서 돌아올 내년을 위해
버들피리 만들어 재잘재잘
웃음소리까지 담아 실정 위에 올려두면
귀여운 내 토끼들 깡충깡충 뛰어나와
쫑긋 귀를 세우려나

연작 시

사랑 1
- 감추기
  이쁜 손주들 오는 날이면
  흉기 될 물건들 숨기기 바쁜 할머니
  정신 홀랑 빼놓고 동동거리다 보면
  하루해가 너무 짧다

사랑 2
- 내리사랑
  내 자식들 함부로 키워도
  한 다리 건너간 할머니 사랑
  아기들 키높이로 본
  위험한 물건 감추기 바쁜
  더 극성떠는
  지극 정성인 모정
  어머니란 이름

사랑 3
— 여우꼬리 감추기

어디다 숨겼는지
물어볼까 말까
눈치챈 남편 극구 말리는데
며칠 후 보면
잘 보이는 손 닿는 곳에서
어머니 나 여기 있어요
방긋 웃는 새아기

사랑 4
— 짝사랑

떠난 빈자리 휑하다
참새들 방아 찧는 소리에
덩달아 춤춘 행복한 시간들

사랑 5
— 마음 두고 떠나기

우리 애기들
부모 외로울까 봐 두고 간 보물
보물찾기에 푹 빠진 나
화장대로 부엌으로 거실 구석구석
이불속까지 숨겨놓은

긴 머리카락
다 찾았다 한숨 돌리면
어디 숨었다 뛰쳐나오는지
슬그머니 나타나 애교 떠는,

사랑 6
– 흔적
두고 가는 물건은 없는지
잘 살펴본다 해도 가고 나면
뭔가 한 가지는 남아 있어
녀석들
제 온기 남겨놓고 오래오래 생각하라는
깊은 뜻있는 줄
내 다 알고말고

사랑 7
– 할머니 꼬시기
할아버지 할머니 늙어가는 줄 알 길 없는 손주들
한 살 더 보태더니 말솜씨도 늘었네
빨리 어른 되어 돈 많이 벌면 할아버지 할머니 다 준다나
그래 요 녀석들아
용돈 받고 싶은 무언의 협상인걸
내 다 안다 야

사랑 8
– 여운
　떠난 빈 둥지
　적막 혼자 돌아앉아 울고 있다
　구순된 울 엄마
　자식들 떠나는 뒷모습 보며 이런 마음이었을까
　이제사 그 마음 알 것도 같은데

사랑 9
– 행복
　얘들아 택배 받아라
　내 남은 사랑 몽땅 나눠주마
　물꼬 트면
　물은 자연히 흐르는 법
　고인 물은 썩기 마련이지
　사랑은 나눌 때 기쁨인 거야

사랑 10
– 나의 10대
　경남 사천시 삼천포 산 십리 길쯤 나와
　큰 길가 초등학교 앞터 잡은 아버지
　진흙 발라 벽 바른 기와집에서 아홉 남매 올망졸망
　의좋게 살았지

봄이면 연분홍 살구꽃이 흐드러지게 핀 꽃동산
아버지 부지런함에 춘하추동 먹을 게 풍부했던 살구나무
집 아이

장남 장손인 아버지 삼십 대에 5남 1녀 가장이 되어
나에게는 증손 할머니까지 모시느라 얼마나 고생하셨을까
그기다
우리 남매 1남 9녀 딸딸이 아버지
귀한 아들 울어도 얼러 키운 자식 후레자식 된다고
안아주지도 못하는 속마음 숨기시던 아버지
그때쯤
시집갈 언니를 앉혀놓고 삼강오륜을 일러주며
여필종부, 일부종사란 가정교육을 시키시던
이제는 그런 어려운 말도 새겨듣는 나이가 되었다
세월은 흘러
아버지 투병 생활하시고 처음으로 반항했던 날
그래 내가 다 후회한다
하시곤 눈 감으시던 그래서 두고두고 후회하게 만든 불효
자식
숙부님 두 분 유학보내고 아버지 애간장 무지 태웠을 거다
가방끈 짧은 내가 시 쓴답시고 끄적거리고 다니는 게
꼴불견이었던지
꼴값 떠는 가시내란 소릴 들어도 악착같이 글을 쓰고

등단했을 때의 그 기분
숙부님은 알기나 할까

사랑 11
- 가부장적이고 엄격한 가정교육
숨이 턱 막히고 반항하고 싶은 사춘기를
독서로 위기 넘긴 나
그때 읽은 책은 셀 수도 없어
시의 모티브는 시골 정서였고 독서의 영향이 컸고
누가 알아주지도 않는 서정시를 쓰게 되었고
순한 사슴이 되어 온 산과 들이 나의 무대였지
멋을 부릴 줄 모르는 촌뜨기
한창 유행하던 미니스커트 한번 못 입어본 촌뜨기
그게
때 묻지 않은 내 시의 심장이었다

사랑 12
- 장미꽃 향기처럼
사는 게 참 고달픈 시기였다
그 눈부시던 삼십 대
장미꽃처럼 활짝 피지도 못한
운명이 거지 같은 숙명이 그런 거라면
절망은 없다

내일이면 다시 또 태양이 떠오를 테니까
오뚝이처럼 일어선 내 인생

사랑 13
- 재혼기
  가슴으로 낳은 자식들 비틀거릴까 봐 노심초사
  길 아니면 가지 마라
  첫걸음은 가깝지만 백 걸음쯤 가다 뒤돌아서면
  돌아올 길이 아득하단다
  노래처럼 다독인 말
  실제로 작은아들 딱히 불만은 없는데 모험심에
  가출하고 싶은 맘 억누르며
  엄마말 새겨듣고 포기했다는 후일담
  착하지요
  파안대소하며 한바탕 웃음

사랑 14
- 부메랑
  착한 남편
  믿음직한 장남 내외
  딸 같은 차남 내외
  이것이 행복인 것을
  억만금 있으면 뭐 하노 마음 편하면 최고지

사랑 15

- 아들 고백

   바른 인성 길러주신 엄마 은혜 잊지 않겠습니다

   이 한 마디에 내 서러웠던 지난날이

   지우개로 지워져 흔적 없이 다 지워지네

   공들여 탑 쌓으면 부메랑 되어 돌아온다는

사랑 16

- 갈증

   애지중지 키운 자식들 둥지 떠난 빈자리

   사십 대 초반 아줌마

   처음으로 집 밖으로 나왔네

   돌아보면 아무렇게나 살진 않았어

   내조는 여자만 하는 게 아니라

   외조로 한몫 챙겨주는 고마운 남편

   가장의 후원 없이는 할 수 없는 일

   글쓰기

   나의 갈증을 풀어주어 보람도 커

사랑 17
- 황혼기
  나의 황혼기
  절반은 성공한 셈
  더는 욕심 내지 말기
  죽으면 다 두고 갈 것들
  박경리 선생님 말씀처럼
  가져갈 게 없어 참 홀가분하다
  모든 것에 미련 갖지 말자

사랑 18
  비 오는 봄날
  미용 봉사로 복지관 들어서는데
  어르신들이 보내는 고마움의 표시
  기립 박수받으며 난 어리둥절
  이런 소소함이 행복이지
  베풀면 존경받고
  상부상조하는 것

사랑 19
  시인도 되어봤고
  자식들 반듯한 인성으로 사회인 만들었고
  가정도 평온하고

4부

억새의 노래

어떤 이별이 다른 이별에게

그림자는 빛이 강할수록 더욱 선명해지지
사랑도 그렇더라
아무 말 아니해도 눈 속에 담긴
수만 개로 흔들리는 파장으로
얼마나 많은 정감이 오고 가는지
바람의 속삭임에도
얼마나 많은 애틋함이 강물 되어 출렁이는지

아득함의 경계는 어디쯤일까
수술실에 들어가면서 초연해지더라는 말
의지와는 상관없이 눈이 감기고
긴 침묵 지나 눈이 떠지더라는 말
담담하게 받아들이던 모습에
망연해지던 숨 가쁜 시간

조건 없이 만나고 무심하게 보낸 사랑아
어떤 이별이 다른 이별을 보내야 할 때
그대와 나
어느 별 환승역에서 다시 만날 수 있으랴

갈대는 울지 않는다

모진 광풍 불고 눈비 내려도
갈대는 결코 우는 법이 없다
허리 굽혀 숨죽이며
광란 지나가기만 기다릴 뿐
바람의 장난이 지나면
비로소 고개 들어 하늘을 보듯
자책하거나 누굴 탓하는 법이 없다

꽃씨 한 톨 날려 보내고
비우고 비운 자리
구멍 뚫린 대 궁 속에선
휘파람 소리 아련히 들리나니

우리네 사는 것 또한 다 그러하더니라
고난도 좌절도 가시밭길 아니더냐
초승달이 만월 되어 차오르고
만월이 그믐밤 되어 새날을 열 듯이
순리대로 사는 것 또한 내 몫인 것을

갈대는 쓰러져도 울지 않는다
그저, 휘파람 소리만 낼 뿐

사랑 그, 쓸쓸함에 대하여

허공 한 귀퉁이 집을 짓고 사는 거미처럼
비라도 후두둑 내리는 날이면
깊은 생각 끝에 맺힌 눈물이
이슬 되어 송골송골 맺혀지더라

추억이라 말할 수 없을 때
장미가시에 찔린 아픔
넝마 같은 허물 안고
너에게서 멀어지기 위해 세상 밖 나선 길
굽이굽이 돌부리 가시밭길이더라
목이 타는 갈증만 생기더라
포개 입은 옷소매에 매달린 추위는
오한에 가슴까지 떨리더라

그러다가 다 가버린 청춘
그래, 참 황혼은 황금빛이었지
마지막 체온까지
활활 태우기 위한
몸부림 그 깨알 같은 혈서로

올가미를 벗어나기 위해 훈장 같은 이력서
나 망설임 없이 다 태워버릴 거야
아아 오랜 방황 끝에 오는 이 평안을

누군들 아픔 없는 사람 어디 있으랴

귀향에서 귀경으로

청대 숲 일렁이는 시골집
버스 타면 두 시간 걸리는 그곳에
엄니 날 기다려 눈이 십 리나 들어갔겠다
어서 빨리 달려가자 버스야

꽃을 심어 환한 사립문 밖 풍경
울 엄니 활짝 개인 하늘처럼
꽃길만 걸으라는 깊은 속마음

보름달은 내 가슴속에도 떴지
눈을 감으면 환히 보이는 유년 시절
골목길 돌아 메뚜기 잡던
이제는 추억 속에서나 만날까

엄니 밤마실 나가고
대청마루에서 우두커니 상념에 젖는다
혼술 한잔 홀짝
무료해서 그라제
오매 깜짝이야 니가 거기 있었냐

백구 너도 한잔할래
실없는 권주가

엄니 오르내리던 비탈길
천국으로 향하는 꽃계단 만들며
하나, 둘, 일곱, 여덟...
엄니 무탈하시고 백 살까지 사시오 잉

이입되는 감정에 눈시울이 뜨거워진다

노을, 그 허무에 대한 보고서

아하! 그랬었나 봐
노을이 붉게 타는 이유를

天經(천경)으로 비쳐 본
보고 듣고
가시 돋친 말 함부로 내보낸 죄
그, 쓰레기 깡그리 모아 소각하는
장엄하고 엄숙한 시간이었나 봐

보름달 지는데

저 달 속에
엄청난 비밀이 숨어 있을 거야

울다가 웃다가 캄캄한 절벽이었다가
다시 차오르는 기쁨 수없이 반복하면서
청대숲 찾아드는 아기새 잠들 때까지
조근조근 얘기꽃 피우지

보름달 함박웃음에 덩달아 꽃이 피던
하루
또 하루 지나,
쓸쓸한 마음 잠시 내려놓고
여기저기 숨어있는 손주들 재롱 찾아
하루종일 헤맨다

일상 속 허기진 사랑 다독이며

성터에 올라

그 옛날 철벽 없는 지평선
멀리서 말발굽 소리 환청으로 들려온다

넘치도록 퍼올리던 우물은
더 이상 하늘을 볼 수 없어
침묵으로 시위하고
고려 여인의 한은
푸른 융단 위에 백일홍 붉은 수를 놓아
마음은 천 갈래 만 갈래로 찢어지는데
눈시울이 뜨거워 하늘을 올려다보니
고추잠자리도 마음 한자리 머물지 못하고
허공을 배회하고 있더라

술렁이는 꽃숲 헤치고
치맛자락 펄럭이며 다가오는
고려 여인들의 가쁜 숨소리
천년을 역사 속에 묻혀
깨어나고 있는 발해의 성 터에서
나는

우두커니 이들의 옛 이야기 듣고 있다

*중국 요녕성 발해의 성터에서

가을 단상

하동 북천 가면
핑크뮬리가 꽃단장하고 기다린다는
소문 들은 날
바람 같이 달려갔지요

느린 열차를 타고
스치는 풍경에 푹 빠져있는데
밑도 끝도 없이 쫑알대는
어느 젊은 여인의 나사 풀린 독백을 들으며
이 여자
나처럼 가을 들판 하나쯤
몽땅 쓸어오고 싶은 욕심에
고삐 풀린 망아지 되어
길 나섰겠다는 생각에
인내의 한계를 넘어
부처님 마음을 읽었던 게야

배꼽시계 달래려고 들어간 곳
배짱 하나로 용기 내어

막걸리에 메밀전병 시켜놓고
여유 한 번 부려 봤지요

두 잔술에 알딸딸
붉게 핀 코스모스 되어
햐 저것들이 내 마음 같다야
바람이 불 때마다
남사스럽게 살랑살랑 몸 흔들어야

핑크뮬리 절정은 이미 끝나고
잘 물든 홍안이 되어
얼굴만 빨개져 돌아왔지요
이 눈부신 가을에

억새꽃

속울음 삼키며 살아온
울 엄마 무너진 가슴앓이
산소 가는 길섶에
객혈로 토해낸 한숨이
무더기 무더기 넋으로 피어
아직도
바람 부는 언덕에 서서
하얀 손 흔들고 있네

저릿한 손마디 바스라지고 쓰러지며

밤에 앓는 병

적막 혼자 밤 지킨다
시퍼렇게 날 세운 귀
지나가는 발자국 세고 있다

어둠 밀어내던 가로등
벌써 지쳐버린 걸까
새벽별 뜰 때 쯤
깜
빡
밀려오는 졸음

누구나 인내의 한계에 도달하면
무관심의 노예가 되지

빨간 장미 가시에 찔린 아픔처럼

설악, 사랑을 품다

참지 못하고
걷어 올린 속살
좁은 계곡 산 문 열어
뜨겁게 품어 안아
한 몸 되어 뒹굴며
질퍽하게 젖어버린
은밀한 그곳

뜨겁게 방사하는 가을볕의 불장난
하룻밤 풋사랑에
옴마야
내 마음에도 단풍 들것다야

그믐밤에 어화 핀다

동해 바다 한복판
그믐밤에 어화 피지요
쥐불놀이하던 유년의 환영이
해풍 타고 날아다니지

집어등 불빛과
오징어 푸른 눈 이
하늘인지 바다인지
허공 속에 파닥이며 어화로 피지

바닷물에 손 담가 휘저으면
혈맥마다 묻어나는 시그리불처럼

12월의 소나타

심술로 똘똘 뭉쳐 공격성이 장난이 아니다
새파랗게 부황 든 나뭇잎
삭이지 못한 화가 만신창이 되어 길 위에 질펀하다
떨고 있는 마른 삭정이들
살 부비다 낙상한 낙엽
어디로 가야 하나 방향을 잃었나 보다

자장가로 들리는 겨울바람
따끈한 흙의 요람
남새밭 한 귀퉁이가
새싹들의 구들장이 된 지 오래
달래 냉이 쑥 머위 취나물
좌판 차려도 손색없는 텃밭

한 이불 덮고 추위를 녹이던
유년시절 형제들의 사랑이
뜬금없이 생각나는 겨울 아침
비수 되어 파고드는 찬 바람에
또 한 해가 저물어 간다

겨울 백합에게

언젠가 한 번쯤 지나쳤던 길
그 길 위에서
계절을 잃었을까
매서운 엄동설한
무심코 지나치던 나그네 발길
멈추게 한 것은

그리움이 얼마나 절절하기에
이까짓 추위쯤이야
새파랗게 질리면서 웃고 있는 너
지난 일일랑 잊고 살아라
겨울해는 짧은데
아직도 언덕 위에 비스듬히 기댄 채
기다리는구나

무슨 사연이 그리도 많아
애절한 눈빛 거둘 줄 모르네

유년의 그 겨울 밤

겨울밤이었어
엄마가 들려주던 무서운 이야기
듣다 잠이든 깊은 밤
봉창 문 흔드는 소리에 눈을 떴어
달빛은 눈처럼 소리 없이 내려 으스스하고
외딴 오두막집 불 밝힌 듯 환한데
칼을 든 그림자 대청마루 침입이다

갑자기 승냥이 울음소리
날짐승 날뛰는 소리
구미호 담장 뛰어넘는 소리
마당 가로질러 오는 어지러운 발자국 소리
가랑잎 돌돌돌 구르는 소리
산을 흔들다 나뭇가지 흔들다
천지를 들었다 놓았다
귀곡성 돌아 나온 겨울바람
온갖 잡귀신 곡소리로 사람을 흘리는데
이불 뒤집어쓴 그 아이
밤새도록 오들오들 떨고 있었어

내 유년의 키를 키우고 있었어

고드름

당신의 뜨거운 입김으로
결빙된 내 마음 좀 꺼내 주오
두들겨도 깨지지 않는 유리벽에 갇혀
뛰쳐나갈 방법이 나에겐 없소
한겨울 느닷없이 찾아온 한파
이 지독한 형벌
이 지독한 굴레
기웃대던 햇살 한 줄기
혀를 차며 비껴가고
동구 밖 어디쯤 미동도 없는 전봇대 끌어안고
울부짖는 겨울바람
팽팽하게 조여 오는 결박
신음소리마저 마비된
당신, 내 심장 좀 꺼내 주오
사랑은 무모하고 조건 없는 것이라면서요

김남희

산이랑 들이랑 살래 그대 착한 아내 되어
속절없이 보낸 세월 등짐 부려 내려놓고
흐르는 시냇물에 욕심도 헹궈내고
눈부신 햇살 사랑으로 내리는 날
옥양목 빛바래듯 넌출넌출 널어말려
닳고 찢긴 상처는 누덕누덕 기워 입고
들풀처럼 살아갈래 그대 착한 아내 되어

바다랑 하늘이랑 살래 그대 착한 아내 되어
굽이굽이 지나온 길처럼 남겨놓고
흐르는 바람 따라 미움도 헹궈내고
화안한 달빛 사랑으로 내리는 날
갈기갈기 찢긴 상처 꽃물처럼 풀어놓고
아련한 풀벌레 소리 세레나데로 엮어서
찔레꽃 향기로 남을래 그대 착한 아내 되어

흔적, 남기다

초판 발행 2024년 6월 20일
지은이 김남희
펴낸이 김복환
펴낸곳 도서출판 지식나무
등록번호 제301-2014-078호
주소 서울시 중구 수표로12길 24
전화 02-2264-2305(010-6732-6006)
팩스 02-2267-2833
이메일 booksesang@hanmail.net

ISBN 979-11-87170-70-9
값 10,000원